Mi
et ...

Une histoire écrite par Henriette Bichonnier
illustrée par Frédéric Benaglia

mes premiers
j'aime lire

BAYARD POCHE

Chapitre 1
Un lion amical

Le cirque Minouchet était un très beau cirque. Lorsqu'il arrivait dans une ville, les gens se précipitaient pour le voir. Ils applaudissaient les acrobates, les clowns, les jongleurs et les animaux savants.

Le père Minouchet
faisait danser
les éléphants,
et c'était
magnifique.

La mère
Minouchet
dressait
des lions,
et c'était
magnifique.

Mais la petite
Minouche, elle,
ne faisait rien
de magnifique.

Elle fouillait dans les malles des clowns pour se déguiser. Elle mélangeait les maquillages pour faire de la peinture. Elle emmêlait les cordes des acrobates en jouant à Tarzan. Bref, elle provoquait un désordre épouvantable.

Un jour, sa mère se mit en colère. Elle cria :

– Minouche, ça suffit ! Tout le monde se plaint de toi. Tu es insupportable ! Puisque c'est comme ça, tu es privée de dessert !

Minouche alla se réfugier en pleurant derrière les cages des animaux.

C'est alors qu'elle entendit une grosse voix :

– Quel malheur ! Priver de dessert une petite fille, c'est une honte !

Minouche regarda de tous les côtés, mais elle ne vit personne.

Elle n'aperçut que le vieux lion,
qui soupirait en hochant la tête.
Il dit d'un ton très doux :
— Pauvre petite Minouche !
Je voudrais te consoler.

Minouche était surprise :
— Me consoler ? Mais tu es un animal
féroce !

Le lion soupira encore :

– Oh non, je ne suis plus féroce. Je suis vieux et fatigué.

Il dit aussi qu'il connaissait des blagues et des jeux et qu'on ne s'ennuyait pas avec lui. Il ajouta :

– Je suis un lion très amical. Ouvre ma cage, et tu verras.

Chapitre 2

Danger !

Minouche ouvrit la cage. Aussitôt, le lion bondit en montrant les dents. Il l'attrapa entre ses pattes et il s'écria :

– Enfin, je te tiens ! Je vais te manger. Je mange toutes les petites filles insupportables.

Minouche protesta :

– Mais tu as dit que tu voulais me consoler !

Le lion rugit :

– Pas du tout ! Tu es insupportable, et je vais te manger.

Et il ouvrit bien grand ses grosses mâchoires. Mais Minouche l'arrêta en disant :

– Si je n'étais pas insupportable, tu me mangerais quand même ?

– Bien sûr que non, répondit le lion.

Minouche déclara :

– Alors, il faut demander leur avis aux gens du cirque. Tu verras, les clowns vont te dire que je suis gentille.

Le lion et Minouche allèrent
trouver les clowns. Mais les
clowns étaient pressés.

Ils fouillaient dans leurs affaires. Ils ne
trouvaient pas leurs chapeaux pointus ni
leurs bretelles.

Le lion leur posa la question :

– Est-ce que Minouche est gentille ?

Les clowns répondirent :

– Minouche ? C'est une peste, une chipie. Pas le temps. Allez-vous-en.

Minouche et le lion s'en allèrent, et le
lion dit à Minouche :

– Je peux donc te manger.

Le lion ouvrit bien grand ses grosses mâchoires pour manger Minouche. Mais Minouche l'arrêta en disant :

– Allons voir les acrobates. Eux, ils savent que je suis gentille, en vrai.

Mais les acrobates étaient entortillés comme des saucissons tout en haut du chapiteau : leurs cordes étaient emmêlées. Le lion dut crier très fort pour se faire entendre :

– Est-ce que Minouche est gentille, gentille ?

Les acrobates répondirent d'un ton énervé :

– Minouche est une peste, une chipie. Pas le temps. Allez-vous-en.

– Alors, je peux te manger, dit le lion en se tournant vers Minouche.

Pour la troisième fois, le lion s'apprêtait à manger Minouche.

Mais elle l'arrêta encore en disant :

– Les artistes sont énervés. Allons demander l'avis des animaux. Eux, ils sont beaucoup plus calmes. Ils te diront comme je suis gentille, en vrai.

Chapitre 3
La ruse de l'ours

Minouche conduisit le lion chez l'ours.
L'animal était très vieux et ne faisait plus

rien dans le cirque. Il s'ennuyait, tout seul,
dans son coin.

Le lion demanda :

– Ours, est-ce que Minouche est gentille ?

L'ours devait être un peu sourd. Il répondit :

– Une mousse à la vanille ? Oh, merci
beaucoup !

Le lion gronda :

– Imbécile ! Je dis : « Est-ce que Minouche
est gentille ? »

– Minouche a des pastilles ? Oh, c'est excellent ! répondit l'ours.

Le lion s'énerva :

– Idiot ! Je te demande si Minouche est gentille !

– Une valise de myrtilles ? Mais c'est délicieux, déclara l'ours.

Le lion perdait patience. Il se précipita pour frapper l'ours. Mais l'ours était encore très fort. Il se défendit si bien que le lion se retrouva sur le dos, avec les quatre pattes en l'air.

L'ours dit :

– Maintenant, expliquez-moi les choses calmement. Et parlez chacun à votre tour.

Alors Minouche raconta la colère de sa mère, le lion qui voulait la consoler, la cage qu'elle avait ouverte.

Le lion parla des petites filles insupportables qu'il faut manger.

L'ours déclara :

– Je ne vois pas le rapport, je ne comprends pas.

Le lion répondit :

– C'est pourtant simple. Tous les gens du cirque se plaignent de Minouche.

L'ours dit :

— Je vois ce qu'il faut faire.

Il prit Minouche par la main et il l'em-
mena vers la cage du lion en déclarant :

— Voilà où il faut enfermer cette enfant.

Le lion protesta. Il dit que c'était sa place
et que personne ne devait la lui prendre.

– Alors, prends ta place, et laisse-nous tranquilles, dit l'ours.

Il fit entrer le lion et, vite, il referma la cage à double tour.

Le lion était furieux. Il rugit :

– Mais alors, ours, tu n'es pas sourd !

L'ours répondit :

– Non, je n'entends que ce que je veux.
Au revoir !

Puis il dit à Minouche :

– Moi, j'aime les petites filles insupportables. Viens, allons jouer ensemble.

À partir de ce jour, l'ours très vieux se remit à jouer, à danser, et Minouche lui apprit de nouveaux tours.

Maintenant, les gens du cirque sont très contents de Minouche. Et le lion n'essaie plus de la manger.

Henriette Bichonnier est née en 1943. Depuis 1971, elle écrit des livres pour les enfants. Son fils Victor l'a beaucoup inspirée. Ses ouvrages sont publiés par les éditions Bayard, Gallimard, Hatier, Hachette et Grasset. Elle tient aussi une rubrique sur les loisirs des enfants dans le journal *Télérama*.

Du même auteur dans Bayard Poche :

Grabotte la sotte - Les poux du sorcier (Mes premiers J'aime lire)
Panique au jardin public (J'aime lire)

Frédéric Benaglia est un jeune illustrateur talentueux qui partage son temps entre la direction artistique du magazine D-lire et l'illustration de livres pour la jeunesse. Ses livres sont publiés aux éditions Albin Michel, Tourbillon et Bayard Jeunesse.

© 2004, Bayard Éditions Jeunesse
Tous les droits réservés. Reproduction, même partielle, interdite.
Dépôt légal : mars 2004
Loi du 16 juillet 1949 sur les publications destinées à la jeunesse.

Achevé d'imprimer en février 2004 par Oberthur
35000 RENNES – N° Impression : 5436
Imprimé en France